수목한계선

리본시선 3

수목한계선

2022년 7월 8일 복간 1쇄 발행

지은이　정군칠
발행인　김영훈
편집인　김지희
디자인　나무늘보, 이은아, 이승리
펴낸곳　한그루
　　　　출판등록 제651-2008-000003호
　　　　제주도 제주시 복지로1길 21
　　　　전화 064 723 7580 전송 064 753 7580
　　　　전자우편 onetreebook@daum.net
　　　　누리방 onetreebook.com

기획　김신숙

진행　시옷서점

　　　　제주도 서귀포시 중앙로153번길 5
　　　　https://www.facebook.com/siotbooks

ISBN 979-11-6867-032-7 (03810)

값 10,000원

수목한계선

정군칠

한그루

정군칠 시집
『수목한계선』을 복간하며

정군칠 시인이 세상을 떠난 지 이제 10년이 지났다.
정갈하면서도 다정했던 시인의 모습이 눈에 선하다.
이 시집『수목한계선』은 그의 첫 시집이다.
서늘한 정신으로 제주의 이미지를 그린 이 시집이
고산식물처럼 외롭게 폈다 지는 것이 안타까워
다시 생명을 불어넣는다.
사람은 돌아오지 못하지만,
시집은 거뜬히 돌아올 수 있다는 마음으로 재발간한다.
우리는 이 시집이 갖는 자장에서
더 오래 뿌리를 내려야 할 책임이 있다.

- 정군칠 시인을 추억하는 사람들을 대신하여

시인의 말

수평선은 하나의 한계선이다.
수평선을 넘으면 또 다른 한계선이 있다는 걸 나는 몰
랐다.
나는 수평선까지 갔다가 항상
그 앞에서 무릎을 꿇어야 했다.
엎드린다는 것은 결코 굴신이 아니라
내공을 더욱 단단히 하는 것이다.
나는 수평선 안에서 몸을 웅크린 채 살아 왔고
또 그렇게 살아갈 것이다.
나의 시 또한 저 수평선 안에 갇혀 있길 바란다.

이미 내 이마에는 몇 개의 수평선이 만들어져 있기 때
문이다.

2003. 8.
모슬포에서

차
례

100 정군칠의 시세계

- 고통과 극기, 그 상처들(송수권)

제1부

서늘한
정신

서늘한 정신

천 길 물길을 따라온 바람이 서느러워
바닷가에 나와 보네
앙상한 어깨뼈를 툭 치는 바람은
저 백두대간의 구릉을 에돌아
푸른 힘 간직한 탄화목을 쓰다듬고
회색잎 깔깔거리는 이깔나무 숲을 지나
황해벌판을 떠메고 온 전령이려니
지난날, 그대
비 갈기는 날의 피뢰침처럼 시퍼렇게 날이 서서는
혀를 감춘 하늘을 물어뜯어
만경들의 물꼬들을 차례차례 깨우고
나지막한 산맥을 넘을 때
누렁쇠 쇠울음으로 회오리도 쳤을 터
그대 지나는 풀밭
풀자락들은 흔들려 불꽃으로 일고
그 불길이 몰려오는 섬 기슭에서
나 오늘, 서늘한 정신 하나를 보네

한들굴 통신

　　작전이 시작되었네. 미공개된 한들굴의 내부. 오
묘한 세상의 모든 입구는 좁아야 하나 봐. 안전화, 안
전모, 마음까지 무장을 시키고도 동굴은 우리들에게
낮은 포복의 통과의례마저 요구하더군. 축축한 어둠
에 싸여 있는 젖꼭지처럼 돋아난 석순을 더듬다가 골
이 난 남근 형상의 분출용암에 마빡도 깨졌네

　　피 흘리지 않는 개혁이 있었던가

　　컴컴한 어둠 속에서 입맛을 쩍쩍 다시며 랜턴불빛
을 쏘았네. 주름지고 음습한 정충처럼 콕콕 달라붙
은 박쥐의 무리를 보았네. 팽팽한 친화력. 우리는 일
제히 함성을 질렀으나 우리가 보낸 교신의 진동은 그
들에게 수신되지 못하고 낚시발톱에 걸린 욕망만이
대롱거렸네. 우리는 또 다른 정충이 되어 바닥을 기
었네

　　아무 소리 들려오지 않았네

　　자궁 속이 이런가. 동굴의 모든 생장점들 속으로
빨려드는 시간, 눈을 크게 뜨자 박쥐처럼 작아지는 우

리의 모습이 보였네. 옆구리에 찬 호출기에서는 신호 한 번 울리지 않았네. 호출 부호가 필요치 않은 세상. 우리는 암호를 잊었네. 뭔가 아늑한 기운에 두 팔로 무릎을 감싸 안았고 눈을 감자 처얼렁 철렁 물소리가 들렸네. 무슨 말이 필요하겠나. 동굴은 이제 또 하나의 내력을 장착하여 운행을 계속할 것이네

좁은 병
- 제주아트갤러리 · 백유일 전展

좁은 병 속에 사십 대 남자의 생이 있다. 허리를 펼수 없는 좁은 병 속에 등허리부터 꼬리까지 휘어진 금붕어 한 마리. 산소 공급기에 달린 가느다란 고무호스에서 링게르액이 한 방울씩 떨어질 때마다 설치 예술가처럼 웃고 있다. 네모, 혹은 사각의 상자가 아무렇게나 세워져 있는 바닥, 흩어진 조간신문이 명조체의 증언을 하고 있다. 바다에서 사십 대 남자의 익사체가 발견되었다고 한다. 바다 밑 세상을 훑어보며 배를 아래로 깐 채 둥둥 떠다녔다고 한다.

물의 보푸라기 같은 활자들이 그 남자를 추억한다.
솟구치고 싶은…
막힌 숨통을 터뜨리고 싶은…
병 속에 누가 떨어뜨렸는지 모르는 서너 개의 먹이가 삶의 부유물처럼 떠돈다. 사십 대 남자의 배는 통통 불어 있었다고 한다. 심장의 박동소리에 맞춰 슬프게 고민하는 금붕어의 주둥이가 뻐끔거린다. 저걸 먹어치워, 아냐 아냐 몸을 불리지 말아야 해, 매끈한 몸매로 삶을 유영해야 해. 자, 물이나 한 모금…

좁은 병 속에는 먹지 않고도 허리띠 구멍을 다시

뚫어야 하는, 그만 주저앉고 싶은 사십 대 남자의 생이 있다.

투명한 집

해 질 무렵, 철거당하다 만 집이 한 채 서 있다. 빈 집 앞에 우두커니 내가 서 있다. 지붕은 날아가고 문짝이 붙어 있던 자리에 거미가 집을 짓는다. 팽팽한 날줄 몇 개를 내리고 돌기에서 방사한 순간 굳어지는 투명한 줄을 이으려 거미가 바삐 움직인다. 서서히 어둠이 밀려오고 투명한 삶은 집을 짓지만 나는 잠시 누렇게 뜬 노을을 배경으로 서 있어야 한다.

내가 방류한 말들은 집이 되지 못한다. 오장육부 뒤틀리게 토해 놓고도 뼈다귀 하나 붙들어 맬 올이 되지 못한다. 건강한 신경줄을 내려뜨린 거미가 퀭한 눈으로 지켜보는 나를 끌고 간다. 지쳐 나자빠진 뇌수에 핑그르르 달려온 거미가 독을 주입한다. 탐욕으로 곤두섰던 머리카락이 한 가닥씩 마비되고 거미줄에 연행되는 나. 뻣뻣한 내 몸을 이끌고 거미가 천장으로 기어오른다. 집이 완성되기도 전에 거미의 희망은 생겨나고 있다.

풀물

포근히, 눈처럼 비가 내리더라구요
보지 못했지요 입간판이 세워져 있다는 걸
차라리 쫘악쫙 갈기는 비였다면
감히 거리로 나설 엄두나 냈겠어요
겨드랑이에서 나는 간지러운 바람소리에
슬쩍 집을 나섰지요
촉촉하게 젖은 겨울나무의 속살에서
이상한 소리가 들려오더라구요
나긋나긋하고 뭐냐,
첫날밤 아내의 콧소리 같은
그런 소리더라 말입니다
아, 글쎄 몸이 근질근질해 오더라구요
비오는 까만 밤에 뵈는 게 뭐 있겠어요
코를 벌름거리며 소리나는 곳으로 다가서는데
눈앞에 번쩍! 갑자기 환해지더라구요
겨울나무 속에서 '서행'이라는 간판도 무시한
봄이란 놈이
쌍라이트를 켜고 달겨들지 뭐예요
피할 겨를도 없이 일방적으로 당하고 말았지요
보세요, 정신없이 이마에 풀물이 들었잖아요

에이, 그럴 리가

에이, 그럴 리가 있나요, 주린 배를 채우는 까치도 꾸벅꾸벅 절은 하는데, 아무려면 당신이 주신 밥을 먹는 내가 몰래 삿대질이라니요. 그럴 리가 있나요. 속옷 속에서 자꾸만 바깥 세상을 염탐하는 두 알을 소중히 감싸고 이 풍진 세상 휘젓고 다녔는데요. 그럴 리가 있나요. 때론 황색실선도 넘어서며 당신 향해 눈 크게 떴는데 차마 당신이 그런 나를 못 보셨다니요. 에이, 그럴 리가 있나요.

길이 보이지 않을 때는 눈을 감아 버렸어요. 감은 눈 속에서 천년을 소리없이 보낸 누각이 보이고 섬의 뿌리와 바다의 은밀한… 그 짓을 보며 몸 단 해송의 불그죽죽한 수액도 보이고… 내가 몸을 비틀며 짐승처럼 우우 소리 지르는, 그런 저를 당신도 보셨잖아요. 내 곁에서 바람처럼 징징거리던 삶도 보신 적은 있으셨잖아요.

정말 제가 보이던가요. 새벽 공판장에서 낙찰되지도 못한 채 떨이의 순간을 기다리는 잡어들처럼, 그럴 때마다 제 눈 속으로 들어와 누렇게 뜨던 태양이 보이기는 하던가요. 별로 굵지도 못하고 별로 무성하지도 못한 당신의 배경이었던 제가요. 그런데 날마다 거울을 보는 것은 왜죠. 제가 안 보여요? 제가 안 보인다고요? 에이, 그럴 리가 있나요.

들어갈 집이 없다

어둠이 죽음처럼 내걸린 거리를 걷는다. 하얗게 겁에 질린 네온사인 속에서 번들거리는 유리의 집들이 흔들린다. 굶주린 바람은 끝이 어딘지 모르는, 지린내 나는 골목에서 불어오고 수의를 걸친 유리벽 속의 마네킹이 나를 물끄러미 바라본다. 마네킹의 눈에 비친 거리의 밑을 들추는 바람의 손이 거칠다. 24시 편의점 귀퉁이. 사람들의 눈을 유인하는 광고전단이 가볍게 날아오른다. 푸르스름한 빛이 흐르는 거리로 마른 기침을 쿨럭이는 사람들이 지나가고, 유리벽을 나온 마네킹이 푸른 빛을 진 채 사람들 틈으로 슬그머니 끼어든다.

이 도시에 살아 있는 것은 무엇일까?

굴절을 배우지 못한 저 빛들은 날마다 연습으로 끝나는 노래를 부르며 어제와는 또 다른 낯선 번지의 집으로 스며든다. 내가 들어갈 집이 어둠 속에 웅크린 채 깨어날 것 같지 않은 꿈을 꾸고, 순간마다 색을 달리하는 네온사인 속에서 내 집이 흔들린다. 길들이 몸 속으로 국숫발처럼 빨려든다. 길가에 매달렸던 내 집의 문들이 빨려들고 집이 빨려든다. 몸이 무겁다.

늪, 견뎌내다

밤을 달려 너를 만나고 온 아침,
죽은 나방의 흔적을 지운다.

밤길은 끝이 보이지 않고, 차창에 매달린 바람은
날 선 칼끝으로 번뜩이고 있었다. 너를 향한 한 가닥
그리움. 전조등은 어둠의 내장을 가르며 너의 이름을
부르고 있었다. 가늘게 떨리는 속도계의 바늘 속으로
나방이 달겨들었다. 가차없이,

요철凹凸 부분의 길을 지날 때 밑도 끝도 없이 굽이
지던 삶이 출렁거렸다. 길의 권태가 끝나는 곳마다
가드레일은 계율처럼 웅크려 터무니없는 흥정을 요
구해 왔다. 그때마다 가늠해야 할 방향이 무너져 내
렸다. 때론 밭은 숨결을 헐떡이며 끌려가기도 했다.
직선을 고집하는 불빛을 좇아 아득한 어둠 속에서 뛰
어들던 나방, 세상의 암嶂유리를 들이받고 싶다는 생
각, 생각은 항상 착시현상 속에서 조각났다.

몽유의 밤이 끝나고 대적의 아침이 밝아올 때, 으
깨어진 몸통이 쓸려나간 자리에 달라붙어 있는 몇 개
의 까만 점. 혹, 죽어가며 슬어놓은 나방의 알은 아닐까. 고치 속처럼 안전지대에 들어앉은 알들이 내 몸 속에서 꿈틀거린다. 무섭게 견뎌내고 있다.

다시 빛이 나기 전

셔츠를 입는다. 새하얀 셔츠를 입는다. 헐거워진 삶을 여미듯 단추를 하나, 둘 잠글 때, 밤새 느슨하게 벌어졌던 가슴이 움츠러든다. 셔츠를 바지 속으로 밀어넣기 전 아직 체온이 셔츠에 전해지기 전 셔츠의 촉감이 내게 닿기 전 셔츠는 셔츠대로 살은 살대로 서로에게 맞춰지려 애쓰는 마음들, 부산하다.

햇살, 그 빛 속에서 눈을 뜨기 시작하는 살의 세포들이 세상 속으로 걸어나간다. 싸락눈 같은 빛 부서지는 거리가 눈부시고, 잘 길들여진 그리움을 안은 가로수의 잎새들이 초록으로 일어나고, 그 틈 사이로 삼월의 하늘이 푸르게 멍들고,

빛으로 가득한 세상. 내 생의 후미진 곳에 모래성 같은 잔설이 남아 있다. 가장자리부터 자리를 내주며 끝내는 중심까지 내주고 말, 아무것도 없을, 그 마음을 끌어안고 돌아와 밤새 삶고 헹구어 아침을 맞이하는 삶. 다시 빛이 나기 전,

보성리 수선화

보성리* 연못가를 지날 때마다
머릿발 곤두서는 찬 기운을 만난다
하늘을 밟고 오는 소나무의 그림자가
적막한 마을길을 자빠뜨린다
숭숭한 돌구멍,
경계를 넘나드는 바람은
저승의 그리움을 머리째 끌고와
돌담 아래 수선水仙을 피워낸다

가슴을 확확 불지른 하얀 등燈

골목을 호령하는 바람 끝으로
어디서 본 듯하다
봉두난발이나 꼿꼿이 허리 세운
추사秋史

* 제주도 대정읍의 작은 마을. 추사 김정희의 적거지가 있다.

어둡다

어디서 뛰쳐나왔을까
길을 가로지르던 고양이가 앞차에 부딪쳤다
택시는 곡예운전을 하고
마침 신호등에 걸려 멈춰선 백미러를 통해
딱딱한 아스팔트 바닥에 곤두박인 절박한 생生을 본다
비명도 없이 쓰러진 고양이를 무심히 바라보는 나는,
누구인가
네온사인 속에서 식은땀을 흘리는 나는,
누구인가
검은 안경 너머로 나를 노려보는 길은 캄캄하다
신호가 바뀌고 차가 출발하려는 순간
백미러 속에서 부스스 몸을 일으키는 고양이
거스름돈을 챙기는 머릿속이
헛발을 내디딘 것처럼 아득해진다
세상을 후벼파던 야성의 발톱을 오그린 채
어두운 골목을 향해 비척비척 걸어가는 눈에 익은 모습
길은 아직 어둡다

붉은 피, 돌다

철근을 멘 공사판 사내의 팔뚝에
장미 한 송이 피어 있다
걸음을 옮길 때마다 끈질긴 결핍처럼
무게를 더하는 철근 가닥들
휘어진 철근이 사내의 갈비뼈와 함께 출렁인다
툭툭 불거져 나온 저 핏줄 속으로
어떤 전류가 흐르고 있는 것일까
혹, 한때 무더기로 피었던
붉은 장미의 추억이 흐르고 있는 것은 아닐까
처음 꽃봉오리를 틔우던 욕망의 세포들이
또다시 눈을 뜨고 있는 것일까
핏줄로 흐르고 있는 것들이 무엇인지
결속의 다짐 없이 부러져 본 적이 없는 것들은 알까
사내의 어깻죽지에 말라붙은 장미 무늬
선홍빛 피가 돌고 있다

지삿개*

덕장의 황태들이 왜 여기에 다 모여 있지
왜 여기, 제대로 감지 못한 눈을 부릅뜨고
낮에는 검푸르게 일렁이는 바다를 향해
적의의 눈빛을 쏘다가
단내를 눈치 챈 어둠에 덥썩 물린 눈깔사탕들

푸른 안광으로 절여지는 저들이라고
동공 가득 살 에이는 바람을
맞받고 싶었을까

오늘 나, 가슴속 무수히 압정들을 꽂은 채
촘촘히 박힌 너를 노린다

* 서귀포시 중문동 해안의 주상절리.

할 말이 있다

직립으로 서 있는,
그것만으로 너의 결백이 증명되는 것은 아니다
가을 들판을 싸잡아 묶어놓고
새 날갯짓에 흠칫흠칫 놀라며 너
허공 깊숙이 빨려든다

한때 더운 숨결
사랑은 잡을 수도 자취도 남기지 않는 바람 같은
것이었다
내게 은밀히 스며들어 오관을 마비시키고
마른 다리 힘 풀던 날에도
뱃심 억세게 키워야 하는 이유를 몰랐다
깊고 습습한 안개의 시절을 지나며
숨이 헉헉 막히도록 열병이 도지던 날
어혈처럼 내 몸에 들어앉은 야고*
마침내 세상 한구석을 움켜쥐기 시작한다
서서히 가계家系를 일으키기 시작한다

내가 있는 한

네게서 벗어날 수 없다

* 억새의 몸에 기생하는 종 모양의 풀꽃.

원가계산

수주한 공사의 원가계산을 하다가 전화를 받는다. 부음訃音, 부움 내이염을 앓는 고막이 웅웅거린다. 컴퓨터 화면 깊은 곳에서 까마귀 울음소리가 들려온다.

서랍을 한꺼번에 주르륵 쏟아버린다.

저장됐던 내 파일들이 사라지고 빈 서랍 속에서 저녁 새들이 날아오른다. 세상을 들이받은 이마의 멍을 훈장처럼 달고 사각의 틀에 가두어진 도시를 빠져나가 숲으로, 오랜만에 너는 한 세계를 가져보는 거야. 자, 살그머니 몸을 이동시키기로 하지. 삶은 부수적인 것에 매달리기 마련이지만 생을 옮기는 일, 부수고 조립하는 데 힘을 빼서는 안 되지.

서랍 속에 쌓인 먼지의 집.

(어느 날, 다시 내 파일 속에서 까마귀 울음소리는 가늘게 들려올 것이고, 바람 부는 모래밭을 걸어온 나는 캄캄한 화면 속에서 자막 처리될 것이고,)

부음訃音, 부움

내이염을 앓는 고막이 또다시 웅웅거린다.

몸 밖으로 까마귀 울음소리가 빠져나가고 있다.

방어의 잠

꿈틀대는 방어의 살을 발라내자
깊은 잠에서 깨어나는 뼈들
파도의 행간처럼
아득히 먼 길을 본다
물 굽이 굽이를 넘어온
저 척추를 받친 빗금들이
지느러미를 움직이던 힘이었을까
살이 토막날수록 온기를 빼앗기며
더욱 선명해지는 갑골문자
적조에 시달리던 바다를 품어 알을 슬던 내장이
번쩍이는 칼날 아래
갈매기의 근육진 그림자를 토해낸다
입덧하는 여자처럼
난도질당한 속을 게워낸다
방어放語

무릎 꿇은 나무

모슬포 바닷가, 검은 모래밭.

서쪽으로 몸 기운 소나무들이 있다

매서운 바람과 센 물살에도 속수무책인 나무들

오금 저리는 앉은뱅이의 생生을 건딘다

저 로키산맥의 수목한계선

생존을 위해 무릎 꿇은 나무들도

혹한이 스며든 관절의 마디들을 다스린다

곧 튕겨져 나갈 것처럼 한쪽으로 당겨진 나이테의 시간들이

공명이 가장 깊은 바이올린으로 다시 태어난다

곧게 자라지 못하는 나무들의 뼈,

그 흰 뼈의 깊은 품이

세상의 죄스러운 것들을 더욱 죄스럽게 한다

꽃의 장례

　나는 매일 아침 소망장의사 앞을 지난다 비문이 덜 새겨진 비석들이 누워 있고 그 옆으로 입가에 야릇한 미소를 머금은 동자상이 드문드문 서 있다 고갯길을 막 넘어온 자동차가 왕벚나무 가로수 아래에서 가래처럼 채 연소되지 않은 가솔린을 가륵가륵 받아낸다 검은 길 위에 흩어진 벚꽃잎, 무리 지어 4월의 길을 건너는 사람들을 바라보는 동자상의 눈빛 속에 자동차들이 느릿느릿 지나간다 제 가는 길에 자신이 만장이 되어버린 꽃잎들. 만장 사이로 체취마저 다 잊은 아비 같기도, 어미 같기도 한 얼굴들이 아른거린다 평생 어깻죽지 한번 펴보지 못하던 생애 위로 하얀 나비떼가 날개를 살랑거리며 날아 오른다 하얀 나비가 날아가는 길, 누군가의 생애가 다시 시작되고 자동차의 백미러에 비치는 그 길이 환하다

둥지

어느 봄날,
임대차 계약서에 도장을 찍고
길가로 난 유리문을 활짝 열었다
가로수 눈 푸른 가지들이 힘 뻗대는 사이
지푸라기를 입에 문 박새와 눈 마주쳤다
햐, 너도 집을 짓니
우리 이웃하자 수인사를 나누었다
측량기가 들어오고 제도용 책상이 들어오고
박새는 목울대가 붓도록 살림살일 물어왔다
후박나무 중간쯤에 둥지가 완성되던 날
나를 품은 눈빛을 보았다
걱정마라 박새야, 쉬 굴러온 스무 해가 아니란다
잎이 무성해지고 일거리가 생기고
그새 여다홉 개의 알들은 다 깨이었는지
몸을 풀며 무어라고 말을 하였다
멀리서 굽어보는 별빛을 받은
박새의 눈빛이 더욱 초롱하였다

함덕, 한낮

숭숭 구멍 뚫린 돌담을 지난다
내 몸의 빈 구석을 죄다 차지하고도 바다는,
넘쳐나지 못한다
실금의 물결을 따라 정적이 덩어리째 지나는 한낮, 함덕
발디딜 곳을 눈여겨 내다보던 갈라진 돌틈에
물빛으로 환한 갯메꽃이 피어 있다

붉은 화살이 꽂히는 파라솔 아래
이미 수평을 잡기엔 시간을 놓쳐버린
사람들이 몰려 있다

바다에 와서야 바다와 몸을 섞는다
처음엔 하나의 굵은 몸이었다가 바수어진
모래알갱이의 생각들을 더듬노라면
이 모두, 한 덩어리의 정적으로
몰려가고 있음을 알게 된다

제2부

저기
본다

산방山房 철물

산이 하늘에 썬팅되어 출렁거린다

山이라는 글자의 멋부림에 이끌려 철물점 안으로
들어선다

산방철물점은 산의 비밀을 고스란히 꺼안고 있다

톱날의 톱니마다 물려 있는 고욤나무, 졸참나무,
마른쫭나무

수평호스에선 계곡의 물소리가 들린다

정과 해머의 육중함 속에 펄펄 끓는 쇳물처럼 꿈틀
거리던

석수장이의 우직한 팔뚝

마음에 거대한 산을 가진 적이 있다. 세상의 중심
에 커다란 못 하나 박고 싶어 내 안에 별실方을 만들
지 않고 산처럼 의연히 버팅긴 적이 있다. 넘어야 할
굽이가 두엇만 되어도 잔머리 굴러가는 바퀴 소리가
들리는 세상, 내가 서 있는 뒤쪽 벽에는 누군가 목에
핏발을 세워야 직성이 풀리는 개줄이 걸려 있다. 질
질 끌려가는 내 모습이 느린 동작으로 유리문에 비친
다. 산에서는 나무들이 자라고, 나는 금 가기 시작한
육신의 틈 이을 가시못 몇 개를 사들고 문을 힘껏 민
다. 가시못을 움켜쥔 손에 붉은 땀이 배고 내 안의 야

트막한 산이 출렁거린다.

베릿내의 숨비기꽃

물총새 한 마리 얼씬거리지 않는다. 베릿내*에는,
고향 뜨며 거둘 새 없던 숨비기꽃 겨우 몇 포기
바다 마을을 지킨다
이 척박한 바위틈에 어머니의 숨비소리
꽃으로 타오른다
제기랄,
지금은 어머니 산소 다녀오는 길
어깨 늘어진 숨비기꽃도 함께 다녀오는 길
봉분의 흙 한 줌 가져와 꽃뿌리 덮어주면
어느새 내 등에 얹혀오는 따뜻한 손이 있다

사라호 태풍이 일던 아침
물이 불어난 내를 거슬러 오르던 은어떼로
갈대들의 사타구니가 오싹오싹 긴장을 하고
마을을 에워싼 숨비기꽃은 바람을 잘도 막아주었다
다시 태풍이 불었다
그 이름 없는 태풍에는 희한하게도 물이 줄어들었다
은어떼는 흙탕물에 방향을 잃고
갈대들은 몸 추스를 새도 없이 흙더미에 묻혀버렸다
숨비기꽃은 이파리 찢기며 나팔을 불어댔지만
자갈을 퍼올리는 중장비의 굉음에 묻히고 말았다

바삐 도망치는 게 한 마리,
게 한 마리처럼 집을 빠져나오는 사람들을 보며
바다는 거품을 물었다

아득도 하여라
강산은 일 년 만에도 변하여
그 일 년이 스무 번을 넘겼고
누이의 젖살 같은 베릿내는
방황의 냇둑을 굽이안고 돌아
숨비기꽃의 낭자한 상처를 아물리고 있다

* 천제연의 하류, 관광단지화되기 이전에는 열두 가구의 조그만 어촌이
  었다.

가문동 편지

낮게 엎드린 집들을 지나 품을 옹송그린 포구에
닻을 내린 배들이 젖은 몸을 말린다
누런 바다가 물결쳐 올 때마다
헐거워진 몸은 부딪쳐 휘청거리지만
오래된 편지봉투처럼 뜯겨진 배들은
어디론가 귀를 열어둔다

저렇게 우리는,
너무 멀지 않은 간격이 필요한 것인지
모른다 우리가 살을 맞대고 사는 동안
배의 밑창으로 스며든 붉은 녹처럼
더께 진 아픔들이 왜 없었겠나
빛이 다 빠져나간 바다 위에서
생이 더욱 빛나는 집어등처럼
마르며 다시 젖는 슬픔 또한 왜 없었겠나

우리는 어디가 아프기 때문일까
꽃이 되었다가 혹은 짐승의 비명으로 와서는
가슴 언저리를 쓰다듬는 간절함만으로
우리는 또 철벅철벅 물소리를 낼 수 없을까

사람으로 다닌 길 위의 흔적들이 흠집이 되는 날
저 밀려나간 방파제가 바다와 내통하듯
나는 등대 아래 한 척의 배가 된다
이제사 너에게 귀를 연다

빗돌
– 애월해변 염전터에서

갈라진 여 틈으로 끼어든 바닷물이
일순, 검은 바위를 질식시킨다
저 절정의 흰 도취에 눈길 자주 멎는다
그러고 보면 혼절이라는 것
나도 모르는 사이 몸을 빠져나간 영혼이
암염岩鹽처럼 굳어져선
단애 끝에 빗돌로 서는 건 아닌지
오늘, 소금막에 갇힌 바닷물이 허옇게 버캐 지듯
꺼내놓기 민망한 가슴속 죄목들
쓴물 토하듯 낱낱이 토해낼 수 있겠다
누가, 바다를 조율하는 손가락으로 나를 튕겨주면
불륜의 그림자처럼 흔들리는 마음
갈피갈피 수평선에 펠 수 있겠다
눈 감지 못하고, 입 다물지 못한 채
덧나며 질겨지는 어포처럼 빳빳해질 수도 있겠다

송악산 가는 길

음 팔월 건들바람 타고 간다
한 됫박 한숨이 불씨 지핀 길을 간다
섬 하나 횃불 하나
빌레왓 일구던 할아비 만나리라

갈점뱅이 뚝심은 쟁깃날로 땅 갈아엎은
죄밖에 없거늘
시린 맨발로 엎드린 수만 리 길
할아비 등뼈 휜 그 길 따라
서늘한 별이 돋는다

날은 어두워지고
돌부리에 쓸리는 한 생각에
눈은 자꾸만 매워오고
저 파도 위 죄다 부려놓은
할아비 등짐,

설설 날 벼리며 길을 간다

파란인 섬

엎어놓은 표주박처럼 떠 있었다. 섬은
검버섯 돋은 바위마다 갈매기똥을 이고
고요의 부레 속 낮게 엎디어 있었다

배 지나갔다. 여러 번의 봄과 가을이 마른 햇빛을
몰고 지나갔다

생이 파란波瀾이듯 파랑을 이룬 바다가
격렬함을 입에 물고 달려왔다
너에게 묶인 욕망은
이글거리는 푸른 갈기를 휘두르며
젖니 하얗게 드러낸 거품을 일게 하고
어제의 어긋난 상처는 아물지 않았다

속엣말을 함부로 해서는 안 돼

턱없이 높은 하늘로
갈매기 몇 날아오른다
그 날갯짓이 걷어올리는 고요의 무게로
섬은 더욱 낮아진다

바라보면 터널이 뚫린 것처럼 몸은 헐었어도

가슴에 무쇠덩이 안은 섬,

순명의 솟대 떠받치고 있다

모슬포에는 모래바람이 분다

뒤척이는 바다가 허연 소금기를 털어내는 마을
모슬포에는 모래바람이 분다
바다로 가는 사람들의 고개가 꼿꼿이 들려 있다
산탄散彈으로 박히는 모래알갱이
눈으로 스며든 모래바람마저 그들에겐
버거운 삶을 지탱하는 추錘가 된다

먹장구름이 주거의 길을 가릴 때
저 산,
허리에 암굴* 파내어 격납고 들어앉힌 상처
피멍 든 곡괭이 소리에 혈을 빼앗기던
그날의 두려움이 아직도 아프다
그 아픔 전하고자 산은,
깎아지른 벼랑에 괭이갈매기 키워
어제는 하늘의 처마 밑에 물새알 몇 개 묻고
구멍 숭숭 뚫린 산자락을 찾아온 깃털들로
적층을 이루게 한다

오늘도 모슬포엔 모래바람이 불고
바람 불어오는 곳을 향해 꼿꼿이 고개 쳐든
저 괭이갈매기

* 태평양 전쟁이 중반으로 치닫자 일본은 미 해군을 막기 위해 주민들을
  동원하여 해안 곳곳에 인공동굴을 만들어 어뢰정과 병력을 은닉시켰
  다. 바다에 뿌리내린 송악산에는 너비 3~4미터, 길이 20미터의 동굴이
  15개나 뚫려 있다.

명징한 꽃
– 백조일손지묘百祖一孫之墓

섯알오름

흰 삘기꽃이 바람에 나부끼고 있었지

저승에서도 고개를 흔드는 젊은 아버지

흰 수염이 훠이훠이 오름을 오르고 있었지

(百祖)

팔월 땡볕 아래

가슴속 불기둥이 죄 되던 시절 있었지

회오리에 휘말린 아버지들이

단음의 비명으로 무릎 꺾였다지

서까래가 무너지고 구들장이 내려앉고

알 수 없는 암호처럼 불어닥친 모래바람 속

어느 편에 선들 세상이 바로 보이지 않았다지

(一孫)

흰삘기꽃엔 비린내가 깊이 배어 있지

아무리 씹어도 잘 가시지 않는 냄새에는

썩어 문드러지지 않는 상처가 있지

저 오름 끝 캄캄한 낭떠러지

너덜너덜 해진 겉옷으로 헤매는 영혼들이

버리듯, 버려지듯 뼛가루를 날리지

그 꽃씨 고스란히 받아 안은 섯알오름
가슴 저릿해지지

굴속의 어둠

보리 가스락을 태우는 연기는 하늘 높이 오른다
다랑쉬굴*을 내려다보는 오름의 분화구엔 매일 밤
달이 잠긴다
굴의 벽을 긁어대다 누워 죽지 못한 열한 사람
섬은 태아의 발길질을 알아챌 수 없었다
가시덩쿨과 대숲을 헤쳐 사람 다니던 길
지워진 그 길에 괴불주머니, 솜양지꽃이 미친 듯
피어 있다

내 옆에 한 노인이 서 있었네 바위를 들썩이는 한
숨이 서늘하게 전해왔네 달이 기운 밤이면 아홉 살의
소년은 아비 찾아 들판을 헤매었다네 어디선가 노려
보는 날짐승의 눈이 무섭지 않았다네 소름 돋던 어둠
의 냉기도 무섭지 않았다네 도깨비불처럼 푸른 광채
번뜩이던 할머니의 눈이, 어린 팔목 틀어쥔 깡깡 마
른 할머니의 손아귀가 무서웠다네 그때 지나친 저 굴
속, 아비의 주린 창자 끓는 소리 알아들었다면 오랜
세월 가위눌림으로 피멍들지 않았을… 노인의 구멍
뚫린 가슴 한쪽에서 쉬쉬 바람소리 들려왔다네

가슴속 매캐한 연기가 피어올라 마른기침 쿨럭인다

아직도 단단한 바위로 입 틀어막힌 다랑쉬굴

비 맞고 눈 맞은 적막한 몸 위로

마른버짐처럼 핀 솜양지꽃

주머니마다 눈시울이 붉은 괴불주머니꽃

어둠을 뚫고 나온 여린 것들에 급소를 맞은

4월의 어느 날**

* 4·3 당시 굴속으로 피신했다가 학살된 11구의 주민 유골이 1992년에
발견되었다.
** 2001. 4. 5. '제주4·3 진상규명과 명예회복을 위한 도민연대'의 '4·3 역
사 순례'에는 당시 아홉 살이던 소년이 육순을 넘긴 나이로 일행의 뒤
를 조용히 따르고 있었다.

저기 본다
- 사월

어디멘가 저 산 너머 아이 잠재우는 소리
들려오지 않겠는가
흰 눈은 오래도록 내리고 쌓여
사월의 붉은 꽃 더욱 붉다이
젖만 한 오름들 퉁퉁 불지 않겠는가

또, 어디멘가 저 산 너머
달구 찧는 소리 들려오지 않겠는가
사월에 화농진 자리 진물 터뜨리려
어허 달구 어허라 달구
봉분 같은 오름들 벌떡 서지 않겠는가

조팝꽃 터지듯 혼비백산 흩어지다
네 귀 하나 궤가 되고
네 발 하나 바위 되고
너는 사라지고 너는 오지 않고
남들의 이름에 가려 호명을 기다리는
사월에는 저 산, 큰 짐승
더운 심장 내지르겠다는
그 말 아니겠나

꽃

날개 없이 날 수 있다
송악산 절벽에서는

이승과 저승이 열리는 바다

가파른 벼랑
기어이 기어오르고 마는
기어이 꽃이 되고 마는 바다

저기 본다
－ 흉터

   봉사료가 붙은 우거지탕을 시키자 식탁 위로 배고픈 바다가 달겨든다. 이름이 우습다 어, 씨·빌리지… 씨 빌려? 우거지상으로 일그러진 친구의 얼굴이 불 지필 아궁이도 없이 벌겋게 달아오른다. 고향은 학적부처럼 늘 마음 그늘진 곳에 숨었다가 눈독 들인 바람에 들키는 날, 우리는 누가 먼저랄 것도 없이 휘파람 불며 달려온다.

   맨발이 외려 편안하던 바다의 등, 어린 날 빠뜨린 깜장 고무신 두 짝이 폐선으로 떠오른 포구에 어디서 보았더라, 마음의 성채처럼 우뚝 선 당산나무, 가지 위, 허공을 물어다 그물 깁는 잎새더러 어긋나기 시작한 세상은 짜깁을 수 없더란 말, 새순 틔운 가지더러 한자리 차지하고 사는 일이 쉽지는 않더란 말, 바람에 가지 휘는 마음이 사실은 뿌리 향해 몸 기울기더라는 말.

   기억, 끝내 빠져나가지 못하는 모래알 몇 개가 소주잔을 채울 때, 빈집의 옆구리를 돌아 나온 바람이 아궁을 만난 듯 손을 내밀어 우리는 우거지탕의 국물보다 더 텁텁한 굴욕을 삼킨다. 아직 우리의 음모는

들키지 않았지. 단단히 묶인 띠지붕을 훤히 밝히는
유치乳齒의 번쩍거림 속에 아이들의 웃음소리 들려온
다.

　계산대 앞에서 지갑을 열자 등을 칼로 베인 주민등
록증이 먼저 튀어 나왔다. 거기 아리던, 아리던… 아
물리지 않은 상처들

파한집破閑集 1999

탑동이라는 하드웨어 속에는 겨울에도 꽃이 핀다.
족보 반듯하던 집들이 바람에 펄럭거린다. 세 개의
빛만으로 자신의 몸을 여닫는 신호등 불빛이 길바닥
을 되쏘아 사람들의 눈 속으로 빨려든다. 눈에 불을
켠 사람들이 모여드는 표정 없는 거리, 탑동에는 지
나가는 여자들의 키득거림마저 상품이 되어 내걸린
다.

탑바리* 가는 길은 좁아서, 길이 좁아서 이인로二人路.
두 사람이 지나칠 때면 어깨가 담벼락을 스치고
명줄처럼 질긴 담쟁이 넝쿨이 따라나선다
손금 안의 바다를 훑어보며 사는 탑바리의 사람들
바르**야 잡든 잡지 못하든 바닷물 위에 꽃잎처럼
떠서
복사꽃 같은 속살을 드러내면 사방이 꽃물결을 이
루고
슬그머니 하루치의 끼니를 내어주던 풍요의 바다
눈 먼 숭어들은 날마다 톡, 톡 솟아오른다

탑동에는 겨울에도 화사한 꽃들이 핀다. 해토가 멀
어 추위에 떠는 섬약한 정신의 꽃들이 가득하다. 모

두가 그저 그런 혈통을 자랑하다 제풀에 지쳐 시들어
가고 더 내어줄 게 없는 바다, 섬을 몰아세우던 흰 뼈
마저 거둔 채 멀리 돌아눕는다. 허기진 바람이 몰아
친다. 바람만이 지나간 자신의 이마를 기억하고 있
다. 이제 탑동이라고 하는 하드웨어 속에는 바닷물에
잘 절여진 소프트웨어가 필요하다.

* 탑동의 옛말.
** 해산물.

원담

썰물인 해거름의 바닷가
산수경석을 고르다가
원담*에 갇힌 한 마리 물고기를 본다
비늘을 겨우 적실 만큼의 홈 안에서
살아 꿈틀거리는 물고기와 내 눈이 마주친 순간
잠시 바르르 떨리는 잔물결의 파동을 본다
그 위로 더 붉은 햇살이 내려앉는다

호시절, 사내는 담을 쌓고 또 쌓았을 것이다 큰 파
도가 밀려와 무너뜨리는 세월의 궤적도 없었을 것이
다 섬으로는 더 나아갈 수 없어 바다를 등기하고 싶
었을 것이다 구멍을 빠져나간 어린 새끼들의 몸집이
부풀어 외면할 때까지 견고한 꿈이 쌓아올려졌을 것
이다 다시 밀물지기를 기다리며 비늘이 떨어져나간
상처를 기웠을 것이다

꿈뻑거리는 물고기의 눈으로 고개를 드니
좌청룡 우백호를 거느린 사각형의 무덤 하나
완강한 고집처럼 겹담을 두르고 있다
볼모가 된 사내
편안하신가 안부를 묻고 싶다

* 밀물 때 들어온 큰 고기가 빠져나가지 못하도록 쌓아놓은 담.

베릿내의 이랑

중문관광단지 씨·빌리지
어젯밤 돌풍이 일어
옛집 마당까지 바닷물이 다녀갔다
옥님이 아버지
난간의 소금기를 맨손으로 어루만지다
먼지 내려앉은 쟁기를 멍하니 바라본다
기름걸레로 윤나게 닦으라는
윤씨 부인의 소리
들은 체 만 체,

옛날엔 우리 집이었수다

건천乾川

　　지난겨울 복개공사가 중단된 건천에 한 무더기 유
채꽃 피어 있다. 허물어질 듯 갈라진 콘크리트 벽 틈
새에 씨알 하나 날아들어 뿌리의 반은 벽 속의 어둠
에, 반은 허공에 뻗은 채 꽃대를 밀어 올렸다. 저 꽃
들, 한 몸에서 여러 개의 심장이 터지고 있다

　　어머니 봄날에 가셨다. 검은 돌이 암처럼 들어박힌
거친 밭을 꽃이 아닌 팔다리로 기고 기었다. 황달 든
잎들이 나물로 무쳐지고 까만 씨알에서 짜낸 기름이
검정 교복으로 하얀 칼라로, 심장 위의 명찰로 흐르
기도 했다. 크고 굵은 열매들이 어머니 팔다리를 놓
치지 않으려던 봄날, 이승 반 저승 반 내딛은 발걸음
이 주근깨 같은 씨들을 쏟아내고 있었다

　　한 무더기 유채꽃 속에,
　　한 생을 거두어 갈 바람이 숨죽여 있다

일그러진, 일그러진…

015-8805-497×. 그가 적어준 삐삐 번호를 따라 단
란주점의 계단을 걸어 내려간다. 시끄러운 음악, 현
란한 조명, 낯이 익은 의자에 걸터앉은 낯선 사람들
의 눈동자에서 파란 불빛이 번쩍인다. 태아잠을 자던
생각의 올들이 소음에 대응하듯 부스스 눈을 부비며
청심환을 먹은 것처럼 안정이 찾아오고 자리잡지 못
한 생각들이 무성한 날개를 달기 시작한다.

공일오. 오! 나의 공일五日. 공일에 나는 생각이 많
아졌고 생각이 많아질수록 마음은 공허해져 송곳이
빨을 앞세운 새앙쥐들이 내 몸으로 들락거렸다. 주문
에 젖은 가을날의 노을처럼 나는 음악에 맞춰 흐느적
거리고. 오! 팔팔하던 것들. 사랑은 식은 음식처럼 식
어갔다. 한때 나는 그것을 발목에 낀 때라 생각했고,
새순처럼 막 터져 나왔고, 밤마다 젖어야 했고, 오! 사
고를 쳤어. 검은 하늘의 우레처럼 지지직 타는 화면
속 발가벗은 여인이 열 손가락을 내밀어 목을 조여왔
지. 그때마다 단란주점의 마이크는 악다구니를 쓰고,
일어나 일어나, 누군가가 다급한 목소리로 나를 부르
고, 지하의 가수가 보이지 않는 손을 내밀어 나를 부
축한다. ×794-5088-510. 나는 발자국이 남겨지지 않

는 계단을 오르고 있다. 가파른 좁은 통로, 일그러진,
저 일그러진 지상으로 오르는 내 계단의 끝은 놓여져
야 한다.

수산 간다

불볕 직류로 흐르는 길
지렁이 한 마리 기어간다 수운* 뵈러 간다
산은 하나인데 에움길마다 푯말로 서
하늘 말고 사람에 치이던 지열을 다스린다

백 년 넘어 잠든 길

빈 속을 드러낸 돌담 사이로
날빛 가시지 않은 도포 자락을 본다
무리진 새들이 날개 잃은 들녘에 서서
난만히 마음 접던 젊은 사내여

나, 그 사내 나이를 지나
그대에게 가는 길
더디고 더딘 배밀이
붉은 해 밀어내는 산그림자가
길 하나 끌어당긴다

* 최제우의 호.

천사의 숲

사식으로 빵이나 넣어줘
콩알만 한 통유리의 구멍들을 통과한 햇빛,
그 햇빛이 가 앉은 수인번호와 그의 미소를 갈마보다가
생각한다. 산탄은 왜, 총을 맞지 않고도 비틀거릴 가슴에
집중적으로 박혔을까
사선으로 붉은 줄 그어진 어음 조각이
기세등등하게 나부낀다
잘 될 거야 사람 죽인 일도 아닌데 뭘
깍지 낀 간수의 손목시계 바늘이
열한 시 오 분을 가리키고 있다
쓴 소주로 목젖 적시고 헤어질 때도 그는 곧잘
검지와 중지를 펴 V자를 그려 보이곤 했다
희끗한 중년의 어깻죽지에서 천사의 날개를 보곤 했다
바보, 너를 시험에 들게 한 건 악마가 아니야
거룩한 음성이 너를 겨냥한 거라니까
나는 매점의 일용할 양식 앞에서
빵봉지에 적힌 유통기한의 숫자들을 확인한다
투명한 비닐봉지 속의 변질보다 무서운 건

뒤통수를 친 자의 얼굴, 그 거룩한 얼굴이 숨겨진
천사의 숲이 점점 희미해지고 있다

눈의 사막

눈 덮인 산길 걷다 보면 안다
누가 나보다 먼저 걸어갔는지
초승달 모양의 사구들이 발자국으로 남아 있다
사막, 수많은 사구의 그림자 안에 알몸인 내가
웅크려 있다 잔물결을 이루며 깊이 잠든 나
가만히 들여다본다
그 달콤한 잠을 깨울 수 없어
한 발자국 더 내딛지 못할 때
아득해진 정신 위로 쏟아져 내리는 여우볕
알몸의 주름들이 서서히 펴지며
내가 지워진다
눈 덮인 산길을 걷다 보면 안다
사막을 걸어온 메마른 시간들 위로
새로이 발자국을 만드는 바람
거기 내가 홀로 서 있다

제3부

따로 있는
물의 길

따로 있는 물의 길

정방사 앞으로 내川가 흐른다
물의 길이 따로 있는 것일까
내와 절 사이, 가로놓인 콘크리트 길 건너 대숲은
항상 푸른 잎맥으로 일렁인다
공중空中의 높은 가지에
바람에 쓸리며 헛배 부른 검은 비닐봉지가
무심히 걸려 있기도 했다
컬컬한 갈증에 허덕이며 도시의 언저리나 맴돌았을
그걸
흐려지는 내 눈은 꽃인 줄 알았을까
검은 새 혼자 날아와 부리로 쪼아대다
깊은 생각에 잠기기도 했다
어느 날에는 휴지조각처럼 구겨진 마음을 끌고 온 내가
낡은 차의 꽁무니를 이끼 낀 담벼락에 붙여두고
아득히 휘청거리는 가지 위에 앉아 있기도 했다
낮새가 울고,
댓잎이 맑은 물소리를 낼 때
안갯빛 옷을 입은 스님의 그림자가
오래도록 지워지지 않는다

물은 얼마 안 가 긴 낭떠러지를 만난다

젖는 숲

오르막길을 오르는데 비가 내린다

살갗 퍼석이는 푸조나무 곁을 지날 때도 비가 내린다

젖는 숲,

내 몸의 먼 길도 젖고 있다

초피나무 벗은 몸에 돋아난 뽀루지들

오래된 상처가 덧나며 내뿜는 향기일까

어둠 속 길을 걸어온 눈이 말갛다

수정목 같은 아이들의 눈 냄새가 풍긴다

새의 낮은 울음처럼 땅으로 스며드는 빗소리

물뿌리가 밀어올리는 가는 흔들림이

저혈증 사내의 늑골에 퍼지고 있다

연꽃, 한꺼번에

갈대 푸르고 못물 또한 푸르다
바람 불어 수면 일렁이자 한꺼번에 연꽃 핀다
고여 있는 물이 목숨을 얻는 것,
진창에 발 디딘 뿌리의 힘이라 생각다가
저 꽃 속맘에 담으려 걸어온 길 돌아본다
꽃상여 지나간 황토밭
끝물의 수박덩이 몇, 엄숙하다
염천에 잎 다 녹은 마른 줄기에 매달려
곪기를 기다리는 머리통들
검은 줄 내리긋는 뇌선을 따라
얽히던 기억들을 끊고 또 끊어
여름, 갔다
두꺼운 껍질에 갇혀 네가 앓을 때
구멍 숭숭 돌담을 빠져나간 홍진들
꽃상여가 데려다 준 못에 이르러
오래된 앙금으로 가라앉는다

바람 불어 수면 일렁이자 연꽃, 한꺼번에 피어난다

무사한 한낮

장대비 지나간 마당에
한여름 햇볕이 쨍쨍하다
새순을 거느린 넓은 잎이
있는 힘을 다해 그늘을 만든다
사나운 불볕 앞에서,
온몸으로 잎잎을 껴안고 땀 흘리는
분盆을 드는데
무슨 냄새를 맡은 걸까
살갗이 터지도록 기어오는 지렁이
순결한 마디들의 움직임에
다시 한번 난이 허리를 굽힌다

콘크리트 바닥은 바짝 달아올라 있다

어머니 바다에 비는 내리고

비 오는 날 바다에 갔다
바다는 비에 젖고 있었다
비 오는 날 바다에 갔다
나는 바다에 흠뻑 젖었다
개들이 하얀 이빨을 내밀며 달려왔다

잘 나오지 않는 젖을 물린 어머니
개들이 내 구두를 물어뜯었다

비 오는 날 바다에 갔다
어머니의 바다에 비는 내리지 않았다
개들이, 하얀 개들이 으르렁거리며
내게 달겨들었다

어미새 까만 눈이 젖고 있다

장맛비 내린다
후박나무 가지에 알을 품은 박새가
혼자서 비를 맞고 있다
몇 날 며칠 젖은 박새
빗줄기 굵어질수록 부릅뜬 눈으로
악착같이 빗물을 털어내는
저 살신성인
제 어미 치 떨리게 젖는 줄
알 턱이 없는 알들이
몸 깊숙이 파고든다

이따금 무슨 생각에서일까
어미새 까만 눈이
젖고 있다

광명사의 새벽

낡을 대로 낡아 더욱 가벼워지는
법당의 계단, 몸을 기댄다
간밤 별들을 가슴으로 안은 망초꽃들이
더러 마음 주어 나를 쳐다본다
나도 이슬로나 피어 어머니의 가르마에 내려앉고 싶다
볼을 어루만지는 바람결 따라
적막 속 영단으로 걸음을 옮길 때
홀연한 나비 한 마리,
어머니 하얀 치마가 펄럭인다
나 어린 배꼽의 때를 씻어내던
유백색 흔적 없는 자리
인간의 새벽일 뿐인 그 자리로
나비 한 마리 날아간다

이중섭

솔동산 오르막길
꽁초를 입에 문 사내가 앉아 있다
소주병 안에서 출렁이는 바다
한 가닥 무명실에 끌려나오는 게들이
눈 부릅뜬다

땅금을 그으며 거품을 만드는 아이들
아이야, 게는 말이지
뒷걸음칠 줄을 모른단다 어디로 가는지
곁눈질할 줄을 모른단다
눈에 핏발 선 게들이, 아이들이
한 뼘의 은박지에 갇힌다
검게 그을린 살가죽에
소금꽃이 하얗게 핀다 사내의
바다로 뻗은 외길 위의 생이
우두커니 앉아 있다

그 겨울, 소매물도

더는 견뎌낼 수 없었다
서로에게 닿으려는 날개는 너무 짧았다

끝까지 다 타버린 여러 개비의 담배꽁초들이 진눈
깨비에 젖어든다. 날 선 보습으로 바다를 가르는 갑
판에 서서 나는, 검은 김밥을 어둠 속으로 밀어넣는
다. 날이 저물기를 기다려 지상으로 내려오는 그리
움, 어쩌면 저 섬 끝 언저리에 잠시 내 마음 환하게 밝
히던 별 하나, 아직 마르지 않은 물기로 남아 있을까

조각난 바다는 수습의 기미마저 보이지 않는다. 가
끔 나를 향해 쏘아대는 등대 불빛에 먹먹한 귀 내어
놓을 때, 희게 울고 있는 작은 물방울을 따라 저벅저
벅 걸어가는 내 굵은 뼈마디, 바다의 바닥이 보이지
않는다. 잠시 내 뼈를 빌린 머묾이 전 생애인 것처럼
서둘러 말아버린 세상, 슬쩍 발바닥을 적시고 바다 위
를 낮게 낮게 날아오르는 어린 바닷새의 날갯짓이 눈
물겹다

그 겨울 소매물도, 민박집의 문고리를 기웃거리는
별빛이 바르르르 떨리고 밤새 방을 데우는 자가발전

기 소리에 멱살 잡히던 샘이 있었다. 새벽이 오자 황
급히 빠져나와 바다와 몸을 섞는 짜디짠 샘물이 있
었다

정방폭포

내게는 두통이 있을 수 없다
나는 공중제비 돈다
내게는 탈골이 있을 수 없다
나는 공중제비 돈다
내게는 의문이 있을 수 없다
나는 공중제비 돈다

바다가 보이기 시작한다
하늘과 바다의 저지선이 무너진 곳
들불이 번지듯 파도는,
들불 번져 세상을 바꿔놓듯
반란을 일으킨다 끊임없이
덩어리를 이뤄 갈 데까지 가보자는
그 뜨거움 깊숙이

나는 입수入水한다

검은 숲

별거 아닐 거라 생각했다. 살얼음 속 아버지가 감춰놓은 길을 찾는 일은, 군데군데 잔설이 묻어있던 달빛이 불꽃처럼 튀어올라 어둠의 어깨를 들어올린다. 불어오다 멈추고 다시 불어오는 바람. 바람이 만가輓歌를 부르며 지나간다. 아버지, 물을 마시고 싶어요. 물을 마시고 싶어요. 옆구리가 기운 겨울산을 향해 아버지 느리게 걸어간다. 길은 검은 연기가 피어오르는 어두운 숲으로 급히 빨려들고 숲의 입구에 선 아버지의 등이 뼈를 드러낸 겨울산처럼 단단해 보인다. 투명한 정신처럼 하늘 향해 내뻗은 빈 가지들 사이로 난 저 길을 나, 언제 보았던가. 온몸을 후려치는 겨울 바람에도 아버지의 등은 흔들리지 않는다. 아버지, 물을 마시고 싶어요. 발 아래로 모여드는 여린 바람에 아버지가 흔들리기 시작한다.

살얼음을 밟고 피어오르는 불꽃의 꼬리에 매달린 아버지의 한 생이 숨가쁘게 빨려들던 저 길, 여러 갈래의 시간을 감춘 숲을 나 언제 보았던가.

마라도

칸나

물질하는 어머니 눈 속에 핀다
붉은 칸나
낡은 슬레이트 집 담장 아래
다리 저린 아이의 목덜미가
새카맣게 타들어간다

선인장

혹처럼 검붉은 열매
가시가 없다
불혹을 넘긴 생이
마라분교 조회 시간
맨 뒤에 서 있다

해국

열두 개의 문을 열고
배꼽을 드러낸다
힘줄들이 가운데로 몰린다
섬을 들어올리는 배냇짓
그 소리를 듣는다

저기 본다
- 숨비기꽃

그 마을에는 꽃이 피어나지 않았다
나비는 세 번 꺾인 물줄기를 따라와
검은 돌에 입을 맞추었다
동부洞府*를 찾아
우리 윗대 할아버지
동오름, 섯오름, 만지섬오름
삼태성형三台星形의 성천봉**
바위그늘 찾아 밥그릇을 챙겼다

그 마을에 꽃이 피어났다
처억 척, 바다를 갈아엎는 밭갈쇠 콧김 따라
검은 돌 틈 숨죽이던 씨앗들이
당당하게 피어났다

나는 삼킬 수도 뱉을 수도 없는 꽃잎이 되어
물질 가는 어머니의 귀마개가 되었고
심심한 날은 바다를 향해
새똥 같은 열매들을 자꾸만 내던졌다
까맣게 익은 할아버지들

* 신선이 사는 곳.
** 星川峰: 베릿내 마을을 품에 안은 오름.

옷을 갈아입는 바다

베릿내 예 살던 집 갈 때에는
구부정한 길로 운전대가 꺾인다
자동차의 톱니바퀴에 물리는 땅의 맨살
때 전 마음이 무거워진다
물때에 맞추어 옷을 갈아입는 바다는
조금이 가까운 흐릿한 물빛 속으로
마을의 소문들을 빨아들인다
외눈의 수경을 쓴 어머니
땅 위에서 자주 길을 잃던 발걸음이
바닷속 골목길은 제대로 찾아
꾹꾹 눈도장을 찍는다
어느 집 대문 앞에선
눈여겨 보아둔 밥그릇에 온기를 불어넣고
아직도 물속 구천九泉을 맴도는 영혼의 안부도 묻는다
거센 물살이야 어디 바닷속뿐이겠나
한사리를 넘긴 미역줄기처럼
물구나무선 어머니 허리를 껴안고 바다는
제 몸에 무수히 결을 이룬다
서서 흔들리는 마음 속으로 자맥질해 들어가면
거기 어머니가 만든 구부정한 길이
자동차 톱니바퀴에 물려 있다

옹이

놀라지 마라
삭정이로 남겨두진 않을 테다
산은, 가슴 깊이 슬픔을 묻어
사월 햇살이 불 놓을 때마다
쩡, 쩡 쩡, 울음 운다
화문을 새긴다

놀라지 마라
앞선 이 뒤에 선 이
길 뜬 설움은 이슬로도 내려앉지 못해
굵은 뼈마디 이루는 것을
피멍으로 박히는 것을

어쩌겠나
참말 어쩌겠나
생살 버힌 자리
선연한 자죽이 시린
저 옴筍

빈 의자, 흔들리고

산이수동 방파제
섬이 의자 하나를 내어놓네
아무런 뜻 없이 내어놓네
어디서 고개 꺾는 법을 배웠는지
물결들, 무덤이 흔들리네
송악산 허리 컴컴한 암굴 속에선
자리를 고쳐 앉는 이의 헛기침 소리 들리네
아주 간간히 들려오네
재갈 물린 검은 바위의 상처를 품에 안은
새 한 마리, 날개 젖은 채 날아가네
검은 바위 자갈자갈 울먹이네
빈 의자, 가만히 귀 기울이네

석굴암자 가는 길

내 아이 시집가면 그 집 찾아가는 길
이 같을까 굽이진 소롯길
욕심만큼 헛디디는 지팡이가 자꾸만 휜다
큰 비에 흙을 털어낸 나무들의 맨살 위로
눈 내리고 눈은 내리고
귀 언저리 희끗해진 시간들도 눈발되어 날린다

어떻게 볼 것인가
산까마귀 울음이 파고든 관절의 마디처럼
산의 주름 깊은 곳에 자리잡은,
그 인연 보게 되면 나 설렐 건가
새로 생겨나는 길 따라 한 걸음 더디 가면
열반의 끄트머리쯤 닿을 수 있을까

산의 길은 그림자를 거두어 숲으로 들고
오름이 끝나며 나를 가로막는 벽, 절벽絶壁
지팡이에 의지한 몸의 중심 흔들릴 때
한 걸음 내려서야 보이는
석 굴 암 자

저기 본다
− 제주억새

후벼진 가슴이 다 메워질 순 없다
바람에 쓸리며 말아 쥔 허공
겹겹 이불을 덮고도 신음 중이다. 산은

사월이 옹이처럼 각인된 이 섬에선
무한천공 빗금 긋는 내 사랑도
등짝 후려친 자죽으로 남아
드러나지 않는 시퍼런 슬픔이
오래도록 웅크려 있다

다시 말하면
야생으로 냉동 처리된
적멸 같은 것

겨울 청미래

절름발이 걸음으로 겨울숲에 든다
"남겨진 것이 떠나는 것을 눈물처럼 지운 데…"
청미래 잎 진 자리 잎무늬로 핀 눈송이들이
붉은 열매 몇,
살얼음 낀 말간 눈을 뜨게 한다

저 메마른 줄기를 타고 내려가면
줄기의 끝에서 이어진 내 등뼈를 훑고 내려가면
뿌리들의 가느다란 숨소리 들을 수 있을까
마음이 몸에 기대어 귀 기울인다
내 몸의 먼 곳,
이를테면 발뒤꿈치나 정수리 끝에서
메마른 겨울 나무들의 물관 터지는 소리가 들려
온다
눈 속의 눈들은
몸 속의 눈들은
어느 먼 시간에 가 닿아
수런대는 물소리를 불러오는 것일까
뿌리들의 가는 숨소리, 그 한끝에 묻어
나지막한 무진동의 소리도 내 몸 끝에서 들려온다
겨울 숲, 한 점으로 남겨진 몸은 떠난 것들을

눈물처럼 지우지도 헛기침처럼 짐짓 고개 돌리지
도 못한다

동백, 말간 생

산수유 환한 그늘 아래
무리져 쏟아진 저 무덤들
살아서 빨간 루즈만 바르던 여자

"나, 입만 가지고 살았어요"

정군칠의 시세계

고통과 극기,
그 상처들

송수권

(시인·순천대 교수)

고통과 극기, 그 상처들

송수권
(시인·순천대 교수)

　　정군철 시인의 첫 시집 『수목한계선』에 보이는 60여 편의 시어들은 철저하게 극한의 상황에서 비롯된 언어들이다. 그가 구사하고 있는 시 정신이나 언어들은 젊다. 그는 그것을 "서늘한 정신"(「서늘한 정신」)이라고 누그러뜨려 표현한다. 젊다는 것은 그가 패기 있는 시인이란 뜻이다.

　　그의 시들은 깐깐하고 단단하여 감상의 틈을 보여주지 않는다. 어느 면에서 그의 시는 거친 모래를 날리는 모슬포의 바람처럼 드라이하다. 이는 언어의 미학적 측면보다 자신의 정신을 드러내기 위한 다분히 계산된 문법 탓이라 본다. 그래서 그의 시편들은 언어로 밀어내는 미학적 측면보다 정신으로 몸을 밀어내는 현장의 시 세계를 지향한다.

작전이 시작되었네. 미공개된 한들굴의 내부. 오묘한 세상의 모든 입구는 좁아야 하나 봐. 안전화, 안전모, 마음까지 무장을 시키고도 동굴은 우리들에게 낮은 포복의 통과의례마저 요구하더군. 축축한 어둠에 싸여 있는 젖꼭지처럼 돋아난 석순을 더듬다가 골이 난 남근 형상의 분출용암에 마빡도 깨졌네

피 흘리지 않는 개혁이 있었던가

컴컴한 어둠 속에서 입맛을 쩍쩍 다시며 랜턴불빛을 쏘았네. 주름지고 음습한 정충처럼 콕콕 달라붙은 박쥐의 무리를 보았네. 팽팽한 친화력. 우리는 일제히 함성을 질렀으나 우리가 보낸 교신의 진동은 그들에게 수신되지 못하고 낚시발톱에 걸린 욕망만이 대롱거렸네. 우리는 또 다른 정충이 되어 바닥을 기었네

아무 소리 들려오지 않았네

자궁 속이 이런가. 동굴의 모든 생장점들 속으로 빨려드는 시간, 눈을 크게 뜨자 박쥐처럼 작아지는 우리의 모습이 보였네. 옆구리에 찬 호출기에서는 신호 한 번 울리지 않았네. 호출 부호가 필요치 않은 세상. 우리는 암호를 잊었네. 뭔가 아늑한 기운에 두 팔로 무릎을 감싸 안았고 눈을 감자 처얼렁 철렁 물소리가 들렸네. 무슨 말이 필요하겠나. 동굴은 이제 또 하나의 내력을 장착하여 운행을 계속할 것이네

- 「한들굴 통신」 전문

위의 시에서 보듯 그의 '서늘한 정신'은 한들굴의 밑바닥을 기어나가는 고행, 그 자체로 이해된다. 분출 용암을 간직한 동굴은 삶의 원형이며, 계속해서 삶을 잉태해 가는 자궁이다. "아무 소리 들려오지 않았"는데 "피 흘리지 않는 개혁이 있었던가"라고 되묻는 원형은 고요했던 삶과 침묵을 뒤흔든다. 그의 정신이 삶의 구체성과 현장으로 이어져 있기 때문이다.

보성리 연못가를 지날 때마다
머릿발 곤두서는 찬 기운을 만난다
하늘을 밟고 오는 소나무의 그림자가
적막한 마을길을 자빠뜨린다
숭숭한 돌구멍,
경계를 넘나드는 바람은
저승의 그리움을 머리째 끌고와
돌담 아래 수선水仙을 피워낸다

가슴을 확확 불지른 하얀 등燈

골목을 호령하는 바람 끝으로
어디서 본 듯하다
봉두난발이나 꼿꼿이 허리 세운
추사秋史

-「보성리 수선화」 전문

보성리는 추사 김정희의 적거지가 남아있는 대정읍의 작은 마을이다. 원형적인 마을을 찬 기운, 곧 서늘한 정신이 덮고 있는 것으로 보아 「보성리 수선화」는 추사의 세한도를 연상케 한다. 그리고 추사가 그처럼 정을 붙이고 뜻을 세웠던 수선화가 숭숭 구멍이 뚫린 돌각담 아래서 "가슴을 확확 불지른 하얀 등燈"으로 차갑게 빛난다. "골목을 호령하는 바람 끝으로/어디서 본 듯하다"는 진술에 이어지는 "봉두난발이나 꼿꼿이 허리 세운 추사秋史"는 익명성으로서의 보성리 사람들이고 삶 자체이다. 익명성은 시인에게 있어서 구체성의 다름 아니다. 그 구체성은 제2부에 있는 「굴속의 어둠」에 보이는 '다랑쉬굴'이나 「모슬포에는 모래바람이 분다」이거나 꽃으로 보면 「베릿내의 숨비기꽃」 등으로 나타난다. 다랑쉬굴은 4·3사건 당시 굴속으로 피신했다가 학살된 주민의 이야기이고, 「모슬포에는 모래바람이 분다」는 그 바람 속에서도 꼿꼿이 고개 처든 생명, 곧 괭이갈매기들의 이야기다.

뒤척이는 바다가 허연 소금기를 털어내는 마을

모슬포에는 모래바람이 분다

바다로 가는 사람들의 고개가 꼿꼿이 들려 있다

산탄散彈으로 박히는 모래알갱이

눈으로 스며든 모래바람마저 그들에겐

버거운 삶을 지탱하는 추錘가 된다

먹장구름이 주거의 길을 가릴 때

저 산,

허리에 암굴 파내어 격납고 들어앉힌 상처

피멍 든 곡괭이 소리에 혈을 빼앗기던

그날의 두려움이 아직도 아프다

그 아픔 전하고자 산은,

깎아지른 벼랑에 팽이갈매기 키워

어제는 하늘의 처마 밑에 물새알 몇 개 묻고

구멍 숭숭 뚫린 산자락을 찾아온 깃털들로

적층을 이루게 한다

오늘도 모슬포엔 모래바람이 불고

바람 불어오는 곳을 향해 꼿꼿이 고개 쳐든

저 팽이갈매기

- 「모슬포에는 모래바람이 분다」 전문

"바다로 가는 사람들의 고개가 꼿꼿이 들려 있다"(1연)
와 결구연의 "꼿꼿이 고개 쳐든/ 저 팽이갈매기"가 동
일하게 반복되어 그 인고의 정신을 표출하고 있다. 또
한 '암굴'은 태평양전쟁이 중반으로 치닫자 미 해군을
막기 위해 일본군이 주민들을 동원하여 해안 곳곳에
인공동굴을 만들어 어뢰정과 병력을 은닉시킨 현장
이다. 바다에 뿌리내린 송악산만 해도 너비 3~4미터,
길이 20미터 이내의 동굴이 15개가 있고 아직도 모슬

포에는 그 잔해의 비행장이 방치되어 있기도 하다. '모슬'은 '모래'를 뜻하지만 '몹쓸'이나 '못살'로 곧잘 부르는 것도 이 때문이다.

또한, 모슬포를 거쳐가며 모슬포를 노래한 시인들이야 많지만 모슬포야말로 시인이 "빌레왓 일구던 할아비 만나"러 "설설 날 벼리며 가는 길"(「송악산 가는 길」)이기도 하고, 지금은 값싼 자리물회로 허기를 때우며 그 삶을 영위하는 구체적인 현장이기도 하다.

극기의 삶은 '저 로키산맥의 수목한계선'으로 표현되기도 하는데 그 시를 보면 다음과 같다.

모슬포 바닷가, 검은 모래밭.

서쪽으로 몸 기운 소나무들이 있다

매서운 바람과 센 물살에도 속수무책인 나무들

오금 저리는 앉은뱅이의 생生을 견딘다

저 로키산맥의 수목한계선

생존을 위해 무릎 꿇은 나무들도

혹한이 스며든 관절의 마디들을 다스린다

곧 튕겨져 나갈 것처럼 한쪽으로 당겨진 나이테의 시간들이

공명이 가장 깊은 바이올린으로 다시 태어난다

곧게 자라지 못하는 나무들의 뼈,

그 흰 뼈의 깊은 품이

세상의 죄스러운 것들을 더욱 죄스럽게 한다

-「무릎 꿇은 나무」전문

모래바람이 어찌나 세게 부는지 소나무들도 서쪽으로 무릎을 꿇고 있는 현장이 바로 모슬포라는 것을 짐작게 한다. 어쩌면 추사가 적거지에서 이 소나무들을 보고 그 만고불역의 걸작인 '세한도'를 그렸을지도 모른다는 상상력이 뒤따른다. 시인은 그것을 '오금 저리는 앉은뱅이의 생生'이라고도 표현한다. 모슬포야말로 구체적인 삶의 현장인 것이다. 그래서 허황된 특구로서의 중문단지와 대조되는 삶의 구체성을 시인은 다음과 같이 상처난 풍경으로 드러낸다.

물총새 한 마리 얼씬거리지 않는다. 베릿내에는,
고향 뜨며 거둘 새 없던 숨비기꽃 겨우 몇 포기
바다 마을을 지킨다

이 척박한 바위틈에 어머니의 숨비소리

꽃으로 타오른다

제기랄,

지금은 어머니 산소 다녀오는 길

어깨 늘어진 숨비기꽃도 함께 다녀오는 길

봉분의 흙 한 줌 가져와 꽃뿌리 덮어주면

어느새 내 등에 얹혀오는 따뜻한 손이 있다

사라호 태풍이 일던 아침

물이 불어난 내를 거슬러 오르던 은어떼로

갈대들의 사타구니가 오싹오싹 긴장을 하고

마을을 에워싼 숨비기꽃은 바람을 잘도 막아주었다

다시 태풍이 불었다

그 이름 없는 태풍에는 희한하게도 물이 줄어들었다

은어떼는 흙탕물에 방향을 잃고

갈대들은 몸 추스를 새도 없이 흙더미에 묻혀버렸다

숨비기꽃은 이파리 찢기며 나팔을 불어댔지만

자갈을 퍼올리는 중장비의 굉음에 묻히고 말았다

바삐 도망치는 게 한 마리,

게 한 마리처럼 집을 빠져나오는 사람들을 보며

바다는 거품을 물었다

아득도 하여라

강산은 일 년 만에도 변하여

그 일 년이 스무 번을 넘겼고

누이의 젖살 같은 베릿내는

방황의 냇둑을 굽이안고 돌아

숨비기꽃의 낭자한 상처를 아물리고 있다

　- 「베릿내의 숨비기꽃」 전문

　모두冒頭의 「한들굴 통신」에서 보는 바와 같이 그 원형적 동굴의 삶(베릿내)은 이제 굴신시대의 관광단지로 바뀌었다. 당초 베릿내는 천제연의 하류에 있는 열두 가구의 조그만 어촌이었다.

　이제 시인은 고작해야 어머니 산소에나 다녀오며 그 숨비기꽃을 볼 뿐이다. 그런데 시인은 그 숨비기꽃에서 상처를 아물리는 숨비소리를 듣는다. 그 숨비소리는 물질을 하며 참았던 숨을 내쉬는 행위보다 돌아 나온 곳으로 다시 들어가기 위한 준비 단계인 것처럼 시인에게 있어서 숨비기꽃은 미래를 담보하는 희망의 꽃이다. 숨비기꽃은 제주 해안가 어디에서나 8월이면 볼 수 있는 꽃이다. 상처를 다스리는 민간요법으로 가장 많이 쓰이는 꽃이기도 하다. 잠수질에 어질머리가 나면 마른 꽃을 달여 먹는다. 그래서 시집갈 때도 누구나 다 '숨비기꽃 베개'를 가마 속에 넣어간다. 해녀들에겐 저승 속까지 비춰내서 전복이나 소라, 하다못해 오분자기 새끼까지도 따낼 수 있도록 '밝은 눈'을 주는 꽃이기 때문이다. 숨비기꽃을 보면 앞에서 언급한 「무릎 꿇은 나무」의 그 나무들을 연상케 한다. 그 무릎 꿇은 소나무가 추사의 세한도를 연상케 하거나 '보성리 수선화'를 연상케 하듯 말이다.

지금까지 『수목한계선』에 나타난 정군칠 시인의 시세계를 관통하고 있는 '서늘한 정신'에 대하여 알아보았다. 그렇다면 왜 '서늘한 정신' 또는 '찬 기운'인가? 이는 그의 내면 풍경, 즉 행간에 보이는 상처와 자욱 또는 옹이로서 이루어진 풍경들에서 끌어온 삶의 '멍에'라 해야 할 것 같다. 시인은 모름지기 이 외상外傷과 내상內傷을 극기와 고통으로 다스리며 풍경을 만드는 자이지 결코 즐기는 자가 아니다. 그래서 정군칠 시인에게 있어서 상처는 상처로만 끝나지 않는다. 그 상처의 극기 과정이 바로 그의 삶인 까닭이다. 결국 시인은 극기의 과정을 하나의 삶의 형태로 받아들이고 있다. 그것이 한 시인이 살다간 흔적이 됨은 두말할 나위가 없다.

어느 봄날,
임대차 계약서에 도장을 찍고
길가로 난 유리문을 활짝 열었다
가로수 눈 푸른 가지들이 힘 뻗대는 사이
지푸라기를 입에 문 박새와 눈 마주쳤다
햐, 너도 집을 짓니
우리 이웃하자 수인사를 나누었다
측량기가 들어오고 제도용 책상이 들어오고
박새는 목울대가 붓도록 살림살이 물어왔다

후박나무 중간쯤에 둥지가 완성되던 날

나를 품은 눈빛을 보았다

걱정마라 박새야, 쉬 굴러온 스무 해가 아니란다

잎이 무성해지고 일거리가 생기고

그새 여다홉 개의 알들은 다 깨이었는지

몸을 풀며 무어라고 말을 하였다

멀리서 굽어보는 별빛을 받은

박새의 눈빛이 더욱 초롱하였다

- 「둥지」 전문

위의 시는 시인의 초기작이다. 습작 단계에 있었던 그는 내가 격포 채석강에 머물고 있을 때, 바다를 건너 천릿길을 넘어왔다. 문학 소년기를 거친 후, 20여 년 건설 현장에서 다양한 삶의 모습을 몸으로 체험하던 그가 비로소 시를 쓰고 싶다고 했다. 불혹을 넘긴 나이답지 않게 그의 눈빛은 섬뜩하리만치 야무진 고집 같은 것이 엿보였다. 제주와 채석강을 넘나들며 타박도 많이 받았으나 그는 성격만큼 과묵한 걸음으로 3년 동안을 뚜벅뚜벅 걸어왔다. 그 후, 내가 그를 눈여겨 바라본 것처럼 누군가가 그를 바라본 모양이었다. 어쭙잖은 시대일지언정 그의 말대로 '어쨌든 스승은 스승'인 셈이다. 그래서 첫 시집의 해설은 내가 쓰기보다는 전문 평론가에게 받는 게 어떠냐며 권유했으나 그는 고집을 꺾지 않았다. 급기야 서운한 푸

넘을 내뱉었다. 이쯤 되면 별도리가 없다 싶어 허락을 하였다. (첫 시집이 늦어진 연유이기도 하다.) 위의 「둥지」가 쓰여질 때부터 그의 시적 재능은 충만하였으나 그때의 감회를 잊을 수가 없어 전문을 인용했다.

산이 하늘에 썬팅되어 출렁거린다
山이라는 글자의 멋부림에 이끌려 철물점 안으로 들어선다
산방철물점은 산의 비밀을 고스란히 껴안고 있다
톱날의 톱니마다 물려 있는 고욤나무, 졸참나무, 마른짱나무
수평호스에선 계곡의 물소리가 들린다
정과 해머의 육중함 속에 펄펄 끓는 쇳물처럼 꿈틀거리던
석수장이의 우직한 팔뚝

마음에 거대한 산을 가진 적이 있다. 세상의 중심에 커다란 못하나 박고 싶어 내 안에 별실方을 만들지 않고 산처럼 의연히 버팅긴 적이 있다. 넘어야 할 굽이가 두엇만 되어도 잔머리 굴러가는 바퀴소리가 들리는 세상, 내가 서 있는 뒤쪽 벽에는 누군가 목에 핏발을 세워야 직성이 풀리는 개줄이 걸려 있다. 질질 끌려가는 내 모습이 느린 동작으로 유리문에 비친다. 산에서는 나무들이 자라고, 나는 금 가기 시작한 육신의 틈 이을 가시못 몇 개를 사들고 문을 힘껏 민다. 가시못을 움켜쥔 손에 붉은 땀이 배고 내 안의 야트막한 산이 출렁거린다.

- 「산방山房철물」 전문

시인의 사무실이 있는 건물 아래층이 '산방山房철물점'이라는 것을 후에야 알았다. 「산방山房철물」 또한 내가 사랑하는 작품 중의 하나로 "마음에 거대한 산을 가진 적이 있다. 세상의 중심에 커다란 못 하나 박고 싶어/ 내 안에 별실方을 만들지 않고 산처럼 의연히 버팅긴 적이 있다"는 진술은 그의 시적 태도를 당당하게 밝힌 것 같아 든든함을 감출 수 없다. 내게도 고마운 일이다. 내가 그의 시가 감춘 면을 다 읽어내지 못했듯 그의 시는 아직 열려 있다고 하겠다. 어느 날 갑자기 가시못을 잔뜩 움켜쥔 그가 내 앞에 서 있을 것 같아 지금, 내 정신이 서늘하다.